EN ATTENDANT.

Un jugement trop prompt eſt ſouvent ſans juſtice :
C'eſt la cauſe de Rome ; il faut qu'on l'éclairciſſe.

CATILINA de Volt. Acte IV.

EN ATTENDANT.

DANS un coupable Ecrit, dont la malignité
D'un vulgaire ignorant nourrit l'avidité,
Un proſcrit, un transfuge, horreur de ſa Patrie,
Oſe attaquer l'honneur, inſulter le génie,
Et d'un venin ſubtil empoiſonner des jours,
Dont l'eſtime publique accompagne le cours!

DE Necker tu prétends abaiſſer la victoire!
Tu veux de ſon triomphe effacer la mémoire,
O Calonne; & tu crois, par des mots ſuperflus,
Détruire, en un ſeul jour, cinquante ans de vertus!

De l'intrigue des Cours tu connois bien l'adresse!
Ils seront tes amis, ceux que sa gloire blesse!
Ils sauront te servir! Infidele à son Roi,
Il a déja trahi son serment & la loi,
Celui qui méditant sourdement ta poursuite,
Vit par toi démasquer sa perfide conduite.
Il partage aujourd'hui tes sentimens jaloux;
Contre Necker lui-même il protege tes coups,
Et craignant un rival, idole de la France,
Au prix de son repos, achete ton silence (1).

---

(1) M. de Calonne, en faisant imprimer son Mémoire, a consenti à des retranchemens considérables; & l'échange du Comté de Sancerre, ne sera point annullé. Les poursuites sur les malversations dans la refonte des louis, ont été interdites à la Cour des Monnoies. On a même obligé cette Cour à apporter à Versailles toute

Mais, Calonne, dis-moi ; ces calculs, ces tableaux,
Chef-d'œuvres impuissans de tes brillans pinceaux,
Auroient-ils pu jamais mériter le suffrage
Des Citoyens choisis pour juger ton ouvrage ?
Auroient-ils pu braver les regards de la loi (1) ?
Non, tu les redoutois ! Parjure envers ton Roi,

---

la procédure, sous prétexte de la faire examiner par le Conseil.

(1) Les Etats informes communiqués, après tant de difficultés, aux Notables, sont-ils ceux même que M. de Calonne, dans son discours d'ouverture, a annoncé, avec tant d'emphase, avoir mis sous les yeux du Roi ? Ceux qu'il présente aujourd'hui sont-ils absolument semblables ? S'il y a quelque différence entr'eux, le mensonge est constaté ; s'ils sont conformes les uns aux autres, pourquoi les refuser à ceux qu'il étoit de son intérêt de convaincre ? Pourquoi

Et de tous nos malheurs comptable à la Patrie,
Tu devois expier la vérité trahie.

Quelle foi déformais donner à tes difcours?
Tout trahit, tout condamne aujourd'hui tes détours.
Au fond de ce féjour, où fe tait la Vengeance,
Tombeau des Préjugés, empire du Silence,
Les mânes ont frémi! Dans la nuit du cercueil,
Terray, Turgot, Clugny, qu'irrite ton orgueil,
Tous ont parlé : leur voix confond ton impofture:
De leur tombe entends-tu s'exhaler leur murmure,
Qui d'un Héros, par toi lâchement infulté,
Attefte la candeur & la véracité (1)?

---

les avoir refufés au Parlement? Il eft difficile de concilier tant de contradictions.

(1) L'Abbé Terray, M. Turgot & M. de Clugny ont fucceffivement formé des tableaux de fitua-

FLEURY, dont tu croyois capter l'hommage,
A la vertu lui-même enfin rendit hommage;

---

tion des finances, dont l'exactitude, dans les principaux résultats, n'a jamais été contredite que par M. de Calonne. Le compte de M. Necker est parfaitement d'accord avec ceux de ces trois Ministres. Il seroit difficile à M. de Calonne de persuader à la France & à l'Europe, que M. Turgot trompa son Roi & la Nation! M. de Calonne a un grand intérêt d'attaquer un Ouvrage dont la vérité, vainement contestée, accuse ses incroyables déprédations. Peut-être a-t-il réussi auprès de quelques esprits foibles, à répandre des doutes que la réponse de M. Necker aura bientôt dissipés : mais si l'on compare les mœurs & les principes connus de M. de Calonne, & sa conduite ministérielle, avec le caractere & les vertus de M. Necker, croira-t-on que les assertions audacieuses d'un homme, à qui il ne reste que cette misérable ressource, pour affoiblir les reproches

Et ce fatal aveu qu'imposa le devoir,
Renversa tes projets, & trompa ton espoir (1).

---

de malversation qu'il a encourus, puissent balancer le témoignage de deux Ministres révérés par la Nation, & dont les opérations concordent entr'elles ?

(1) Pendant l'Assemblée des Notables, M. de Calonne chercha à s'étayer du témoignage de M. de Fleury contre M. Necker. Il lui écrivit à cet effet ; mais M. de Fleury lui répondit, qu'il avoit examiné, avec le plus grand soin, les calculs du Compte rendu, lorsqu'il avoit succédé à M. Necker, & que le résultat de cette vérification lui en avoit démontré l'exactitude. M. de Calonne se garda bien de montrer cette Lettre au Roi! mais M. de Fleury, qui avoit eu la précaution d'en envoyer copie à M. de Miromesnil, l'avoit prié, en même-temps, d'en donner connoissance au Roi : M. de Miromesnil le fit exacte-

POURQUOI n'as-tu donc pas détruit cet édifice,
Quand tout cédoit encore au gré de ton caprice?
Necker te défia : rival de sa grandeur,
Pourquoi n'osas-tu point imiter son ardeur?
L'Athlete généreux brûle de se défendre :
Necker t'ouvrit l'arène; il falloit y descendre.
Pourquoi, si le vaisseau, gouverné par tes mains,
Te sembloit menacé de périls trop certains, (1)
N'as-tu donc point, pilote industrieux & sage,
Prévenu tout-à-coup les horreurs du naufrage?
Quand le Sénat français, présageant ces malheurs,
Aux pieds du Souverain déposoit ses frayeurs

---

ment. Le ressentiment qu'en eut M. de Calonne, donna lieu à une querelle fort vive entr'eux; & ce dernier parvint à entraîner M. de Miromenil dans sa chûte.

De ſon Peuple, à ſes yeux, colorant l'indigence,
Pourquoi fis-tu briller une fauſſe opulence (1) ?
Tu trompois donc alors notre crédulité!
Mais bientôt tu détruis notre ſécurité ;
Et la France, arrachée à ſon calme propice,
Sous ſes pas voit s'ouvrir un affreux précipice,

---

(1) Au mois de Décembre 1785, le Parlement ſe refuſoit à l'enrégiſtrement de l'emprunt. Sa réſiſtance étoit unanime. M. de Calonne crut avoir à ſe plaindre de M. Damécourt, Rapporteur de la Cour. Il eut avec lui une explication très-vive, dans laquelle il s'emporta juſqu'à le menacer. Ce Magiſtrat eut la fermeté de lui répondre ces paroles, que l'événement a ſi bien juſtifiées : « Vous » ferez, Monſieur, ce que vous voudrez. Je » reſterai chez moi avec ma conſidération & ma » place au Parlement ; & vous, vous ſortirez dés» honoré du Contrôle-général ». M. Damécourt perdit en effet le rapport des affaires de la Cour ;

Que ta perfide audace avoit couvert de fleurs.
L'Etat n'eſt déſormais qu'un théâtre d'horreurs;
C'eſt un frêle vaiſſeau, battu par la tempête.
Entouré des écueils où le hazard le jette,
Il n'offre déjà plus que des débris flottans,
Qu'un Pilote incertain diſpute encore aux vents:

& le Parlement ayant été mandé à Verſailles, le Roi y fit enrégiſtrer l'Edit. Cette Compagnie avoit témoigné, dans ſes Remontrances, les plus vives inquiétudes ſur la ſituation des Finances, & ſupplié le Roi de veiller par lui-même à leur manutention. M. de Calonne fit répondre par le Roi, que les Finances étoient dans l'ordre le plus ſatisfaiſant; que la dette publique étoit aſſurée, & ſa liquidation établie ſur des baſes ſolides; & c'eſt huit mois après un pareil langage, c'eſt au mois d'Août 1786, qu'il parle au Roi d'un déficit énorme, qu'il propoſe des plans de réformation, une Aſſemblée des Notables, &c. &c.

Trop heureux si des flots un jour bravant la rage,
Dans le port il pouvoit réparer leur outrage!

Mais si tu ne crois pas que la Patrie en pleurs
Puisse à toi seul, Calonne, imputer ses malheurs,
Pourquoi porter tes pas dans une Isle étrangere?
L'innocent doit-il fuir, & craint-il la lumiere?

Le vainqueur d'Annibal, le plus grand des Guerriers,
Scipion, succombant sous le poids des lauriers,
L'immortel Scipion est accusé dans Rome;
Il ne fuit pas son Juge; il paroît en grand homme:
» Ecoutez, leur dit-il, augustes Sénateurs,
» Scipion va répondre à ses vils délateurs.
» Romains, votre grandeur est mon premier
» ouvrage:
» A pareil jour mon bras vous a soumis Carthage;

» Je vainquis Annibal. En ce jour glorieux,
» Montons au Capitole, & rendons grace aux
» Dieux ».

Chez un Peuple rival, qui, fort de nos foiblesses,
Te cache son mépris sous d'utiles caresses,
S'offre un nouvel exemple : Hastings est accusé;
Hastings par un soupçon se croiroit offensé :
Mais il est Citoyen; sa Patrie est son Juge :
En des lieux étrangers dédaignant un refuge,
Il vient, il se soumet à ses accusateurs :
Comme lui comparois aux Tribunaux vengeurs:
Sa fuite à tous les yeux le rendroit méprisable.
La tienne te condamne, & décele un coupable.
L'honneur, l'honneur exige un aveu solemnel,
Et l'innocent qui fuit est déjà criminel.

Il en est temps encore : un Tribunal suprême (1)

---

(1) Les Etats-Généraux.

Va s'ouvrir, & tu dois t'y préſenter toi-même.
Necker ſoutint ſes droits; tu défendis les tiens:
Tous deux ſoyez jugés par vos Concitoyens.
Viens t'offrir à leurs yeux; viens, que rien ne t'arrête;
Necker t'imitera; cours y porter ta tête.

www.ingramcontent.com/pod-product-compliance
Ingram Content Group UK Ltd.
Pitfield, Milton Keynes, MK11 3LW, UK
UKHW021017220726
13924UKWH00001B/30